ZEP

Titeuf 18

Suivez la mèche

Glénat

Du même auteur :

ÉDITIONS GLÉNAT

Titeuf *T1 à T18*
Le Monde de Zep
Titeuf a 20 ans
Le Guide du Zizi sexuel *(textes d'Hélène Bruller)*
Titeuf, le livre d'or

Captain Biceps *T1 à T7 (dessins de Tébo)*

Comment dessiner ? *(dessins de Tébo)*

Les Chronokids *T1 à T6 (dessins de Stan & Vince)*
Les Grandes Inventions de l'Histoire

Esmera *(avec Vince) pour public averti*

ÉDITIONS DELCOURT

Happy Sex *T1 & 2*
Happy Girls
Happy Rock
Happy Parents

What a Wonderful World *T1 & 2*

ÉDITIONS HACHETTE

Les Minijusticiers *(textes d'Hélène Bruller)*

ÉDITIONS GALLIMARD

Carnet intime

ÉDITIONS RUE DE SÈVRES

Une histoire d'hommes
Découpé en tranches
Un bruit étrange et beau
The End
Paris 2119 *(dessins de Dominique Bertail)*
Ce que nous sommes

tchô!
je suis sur
les réseaux sociaux !

SUR FACEBOOK
facebook.com/TiteufLaBD

SUR INSTAGRAM
instagram.com/zetiteuf
zep_official

SUR TWITTEUF
twitter.com/Titeuf

ET MÊME SUR TIKTEUF !
tiktok.com/@titeuf

COULEURS : LAURENCE ET BRUNO CHEVRIER

www.glenat.com

Couvent Sainte-Cécile – 37, rue Servan – 38000 Grenoble

ISBN : 978-2-344-05777-3 / 001
Dépôt légal : août 2023
Achevé d'imprimer en France en août 2023 par Pollina, sur papier provenant de forêts gérées de manière durable.

PEFC 10-31-2065 / Certifié PEFC / pefc-france.org

le matin de la rentrée
... C'EST LE DERNIER MOMENT DES VACANCES ...
BIP BIP BIP BIP
7:00
SI CHACUN Y MET DU SIEN...
WAAA ! LA MÊME TÊTE QUE QUAND ON A PRIS LE TRAIN À 5 HEURES DU MATIN !!
... ON PEUT REVIVRE NOS VACANCES À LA CAMPAGNE...
OUI, ZIZIE... ON DIRAIT UNE BOUSE DE VACHE.
MEUH !
MEUH !
LA RANDO...
GRMBPFF... ASCENSEUR EN PANNE !!
YAA
... LE JOUR DE LA RENTRÉE !!!
LE PARC D'ATTRACTIONS...
9
LA CHASSE AU TRÉSOR...
RAAAA ! OÙ AI-JE MIS LA FICHE D'INSCRIPTION DE ZIZIE ??
... LE CAMPING
Si vou plai-
... LA MER
... JUSQU'À CE QUE LA MAÎTRESSE CASSE L'AMBIANCE.
J'AI PASSÉ DE BELLES VACANCES - VIRGULE - MAIS ELLES SONT TERMINÉES - POINT -
Z.

chaussette noire 3e dan
JUDO CLUB
POURQUOI JE DOIS FAIRE DU JUDO ? C'EST NUL.
LE SPORT, C'EST POUR TON BIEN.
TIENS, TON KIMONO ... LES VESTIAIRES SONT AU FOND.
VOUS VOUS METTEZ PAR DEUX ET, À MON SIGNAL, VOUS ESSAYEZ D'IMMOBILISER VOTRE CAMARADE.
PFFF ... NUL.
PRÊTS ?
QU'EST-CE QUE C'EST Q... ?
HORREUR ! JE SUIS TOMBÉ SUR LA CEINTURE NOIRE DU PIED TOXIQUE !!!
arme absolue
avec des petits bouts de chaussette
SI IL ME TOUCHE, JE SUIS FOUTU !
pchhhh
...ATTAQUEZ !
KIAI !!
KWAAY !
KIAA
CEINTURE VIOLETTE APRÈS UN COURS ?!!?
BOULANGERIE
BOAH... C'EST L'INSTINCT DE SURVIE.
Z&V.

Les experts du bisou
C'EST VACHEMENT IMPORTANT DE SAVOIR EMBRASSER... SINON, ON PEUT S'ÉTOUFFER AVEC LA SALIVE DE L'AUTRE.
BAAAH
DÉGUEU'
MOI, JE SAIS.
ET COMMENT TU SAIS? TU T'ES ENTRAÎNÉ AVEC NADIA?
PFEUH! PÔ ENCORE... MAIS JE M'ENTRAÎNE SUR MON MIROIR...
MMM
TU T'EMBRASSES TOI-MÊME! ÇA VEUT DIRE QUE T'ES HOMOSEXUEL!
PÔ DU TOUT! C'EST POUR M'ENTRAÎNER!
S'IL S'EMBRASSE LUI-MÊME, IL EST PLUTÔT AUTOSEXUEL.
ÔÔÔÔ
PFEUH!
AAAH
IL S'EMBRASSE PAS LUI-MÊME, IL EMBRASSE SON DOUBLE. IL EST DOUBLOSEXUEL!
C'EST PAS SON DOUBLE...
...C'EST SON REFLET. IL EST RÉFLEXO-SEXUEL.
ÇA EXISTE MÊME PÔ!!
ÇA EXISTE! T'ES RÉFLEXOSEXUEL!! ET EN PLUS, T'AS UN MIROIR PLEIN DE BAVE!
ET TOI, T'ES UN TROUDEBALLOSEXUEL!
PARCE QUE TA BOUCHE, ON DIRAIT UN CUL!!
RÉFLEXOSEXUEL!!
CASQUETTO-GENRE!!
OBSÉDÉ DE LA BAVE!!
M'EN FOUS! J'VAIS DEVENIR TITEUFOSEXUEL.
VOILÀ.
OUAIS.
Z.

Tinder aux légumes
TU MANGES PÔ TES BOULETTES DE BOLOGNO, RAMATOU ?
NON.
JE SUIS DEVENUE VÉGÉTARIENNE.
frites
AH ? DU COUP, JE PEUX FINIR TON ASSIETTE ?
SI TU VEUX...
GRUNCH.
TU FAIS UN RÉGIME ?
NON.
JE NE VEUX PLUS QU'ON MALTRAITE LES ANIMAUX.
MARDI
TOUJOURS VÉGÉTARIENNE ?
OUI.
JE PEUX AVOIR TES SAUCISSES ?
OUI.
MERCREDI
VÉGÉTARIENNE DU POISSON ?
BEN OUI.
JEUDI
JE PEUX T'AIDER À FINIR TON POUL...
VENDREDI
TU VEUX QUE JE PR...
TU AS MANGÉ LE BURGER ?
NON... DEPUIS AUJOURD'HUI, J'AI UN MENU VÉGÉTARIEN !
AH...
MERCI D'ÊTRE VENU TOUS LES JOURS POUR M'AIDER, TITEUF...
C'EST CHOU.
TCHÔ NADIA.
HEU... T'AURAIS PÔ ENVIE QU'ON ARRÊTE DE MALTRAITER LES ANIMAUX ?
?
Z.

la malédiction des toilettes
OH NOOON !
HO! Y'A QUELQU'UN ??
AU SECOURS !!
BON.
... PÔ LE CHOIX.
HOP
HOP
NOOOON
VIDE AUSSI !!!
HOP
HOP
GAW
RÂÂÂÂH !
JE SUIS MAUDIT !!
ALLEEEZ !
JE DOIS BIEN AVOIR UN MOUCHOIR EN PAPIER DANS MON CARTABLE.
... MON ÉVAL' DE GÉO.
TRAVAIL NON RENDU. JE SUIS CURIEUSE D'ENTENDRE TON EXCUSE...

#meteuf
TRAFF
IL EST LOURD !
JE VOULAIS JUSTE LUI FAIRE UN BISOU.
BEN OUI ... MAIS 'FAUT PAS.
TU DOIS **TOUJOURS** DEMANDER LE CONSENTEMENT.
ÇA VEUT DIRE QUOI ?
BEN... CONSENTIR,.. SAVOIR SI L'AUTRE VEUT AUSSI ...
AAH
T'AS COMPRIS ?
PAR EXEMPLE : JE SUIS PÔ D'ACCORD DE CONSENTIR LES CHAUSSETTES DE PUDUK, ALORS JE DOIS LE DIRE...
C'EST ÇA ?
NON.
TU DOIS **DEMANDER** LE CONSENTEMENT DE L'AUTRE ...
... SI C'EST OUI, Y'A PLUS DE BAFFE !
GÉNIAL !
C'EST SUPER, CE TRUC DE CONSENTEMENT !
MERCI MANU !
NADIA ?
À PROPOS DU CONSENTEMENT, JE SUIS PÔ D'ACCORD QUE TU ME DONNES UNE BAFFE.
UN P'TIT BISOU ?
Z.

genious dog
ÇA DOIT ÊTRE PÉNIBLE DE SORTIR TON CHIEN TOUS LES JOURS.
BOH... ÇA VA.
COMME IL EST HYPER INTELLIGENT, JE LUI APPRENDS DES TRUCS.
REGARDE.
WIF
WAF
CLOVIS, RAPPORTE !
TU VOIS ?
WAAAA ! JE PEUX ESSAYER ?
BIEN SÛR.
CLOVIS...
RAPPORTE !!
ARF
IFF
DONNE... CLOVIS... BEN... LÂCHE LE BÂTON !
LÂCHE !
GRRR
IL EST COMPLÈTEMENT DÉBILE, TON CHIEN ! IL RAPPORTE, MAIS IL NE LÂCHE PÔ !
C'EST NUL !
PAS DU TOUT.
C'EST PARCE QU'IL EST GÉNIAL ! IL A DÉJÀ COMPRIS QUE S'IL TE LE REND, TU VAS LE RELANCER.
... BEN OUI
... ET LE FAIRE RECOMMENCER ET RECOMMENCER LE MÊME TEST. COMME IL A COMPRIS, IL DÉCIDE D'ARRÊTER.
EH OUI !
DIIIINGUE !
C'EST ACQUIS, PAF, IL DIT "STOP". C'EST ÇA, L'INTELLIGENCE.
WAAA ! C'EST EINSTEIN, TON CHIEN !
C'EST NOUS QUI AVONS À APPRENDRE DE LUI !
TITEUF... LÂCHE CE TEST DE MATHS.
Z.

le conseil de classe
C'EST UN PEU COMME ÊTRE INVITÉ À LA MAISON-BLANCHE ...
VOICI NOTRE PETIT DÉLÉGUÉ DE CLASSE.
AH... TRÈS BIEN.
... ON S'ASSIED AVEC LES MAÎTRES DU MONDE...
TOUT LE MONDE EST LÀ, ON PEUT COMMENCER.
ON PARLE DES DERNIÈRES DÉCOUVERTES...
J'AI TROUVÉ UNE CHAUSSETTE DANS LA SALLE D'INFORMATIQUE !
ON NÉGOCIE LES ACCORDS DE PAIX, LES CESSEZ-LE-FEU...
JE VEUX DES SANCTIONS PLUS FERMES CONTRE LES VOYOUS QUI JETTENT DES BOMBES À EAU DANS LA COUR !!
ON INTERVIENT POUR SAUVER LES CONDAMNÉS...
LA MOYENNE DE RAMON N'EST PAS REMONTÉE ... MAIS ON PEUT LUI DONNER ENCORE UNE CHANCE.
findus
... CONTRE LA FAIM DANS LE MONDE...
LES ÉLÈVES VEULENT PLUS DE FLAN AU CHOCOLAT ET MOINS D'ÉPINARDS.
AH, ÇA, ON PEUT PAS...
... ÇA FAIT PARTIE DU PROGRAMME DIÉTÉTIQUE.
ON PREND DES DÉCISIONS RADICALES POUR L'ENVIRONNEMENT.
IL FAUT RACHETER DU DÉODORANT AU MUGUET POUR LES TOILETTES !
OUI.
ET COMME TOUS CEUX QUI TIENNENT LE DESTIN DU MONDE ENTRE LEURS MAINS...
JE CROIS QUE NOUS AVONS TOUT VU...
BONNE SOIRÉE À TOUS.
... ON DOIT FAIRE FACE À L'INCOMPRÉHENSION DU PEUPLE.
QUOI ?
PEUH
T'AS PAS OBTENU LA DOUBLE RATION DE FLAN AU CHOCO ??
T'ES NUL !
Z.

nos amies les bêtes

l'urgence climatologique
AUJOURD'HUI LES ENFANTS, NOUS ALLONS FAIRE UN ATELIER D'IDÉES !
... RÉFLÉCHIR ENSEMBLE À DES SOLUTIONS CONTRE LE DÉRÈGLEMENT CLIMATIQUE ...
C'EST QUOI, LE DÉRÈGLEMENT CLIMATOLOGIQUE ?
EH BIEN, À CAUSE DE LA POLLUTION, IL VA FAIRE DE PLUS EN PLUS CHAUD, LES GLACES VONT FONDRE ET ENGLOUTIR UNE PARTIE DES CONTINENTS.
À VOS CRAYONS... IMAGINEZ !
On pourrait fabriquer un frigo géant pour mettre la banquise dedans.
Il faut manger de la glace parce que quand on mange de la glace ça refroidit le corps.
SURTOUT LA PISTACHE.
Yaka apprendre a nager.
VOILÀ.
J'AI LA SOLOUTION !
aller habiter sur mars.
COPIE PAS.
on a qua vivre tout nus
C'EST DÉGUEULASSE.
TU DIS FA PARFE QUE T'AS PAS D'IDÉE.
il faut accrocher des fusées à la terre pour la déplacer plus loin du soleil
VOILÀ.
par ici
HUM...
C'EST N'IMPORTE QUOI.
VOUS N'AVEZ RIEN COMPRIS.
'SONT GONFLÉS, CES ADULTES.
... ON EST DÉJÀ SYMPAS DE TROUVER DES IDÉES POUR RÉPARER LEURS BÊTISES.
BIEN DIT.
Z.

le kakoyo

ON CONNAÎT PEU LE KAKOYO, UN PETIT RONGEUR ALPIN...
IL SE NOURRIT PRINCIPALEMENT DE MOUSTIQUES ET DE BAIES...
IL AIME JOUER ET SAUTER D'ARBRE EN ARBRE...
COMME IL EST TRÈS CURIEUX, IL TOMBE FACILEMENT DANS LES PIÈGES QUE LUI TENDENT LES CHASSEURS...
CEUX-CI SONT SANS PITIÉ AVEC LE KAKOYO...
AVEC SA FOURRURE ROSE, ON FAIT DES BONNETS POUR LES FILLES...
PUIS ON LE DÉCOUPE EN MORCEAUX ET ON LE FAIT CUIRE TRÈS TRÈS LONGTEMPS...
... JUSQU'À OBTENIR UNE BELLE PÂTE BRUNE, QU'ENSUITE...
ARRÊTE, TITEUF. TU N'AURAS PAS MA MOUSSE AU CHOCOLAT !
MAIS C'EST VRAI !!

Sciences de la vie et de la gym
REGARDE MONSIEUR HUCHET !
?
HI HI
GRATT
SNUF
OUARK !
DÉGUEU !
IL SE SNIFFE LE ZIZI !!!
OUI !! IL FAIT ÇA TOUT LE TEMPS !
RAAA ! ET IL TOUCHE LE BALLON APRÈS !?
AVEC LES DOIGTS PLEINS DE JUS DE SLIP !!
TU CROIS QU'IL Y A DES PARTICULES DE SPERMATOZOÏDES DE MONSIEUR HUCHET SUR LA BALLE ?
SÛREMENT.
SI ÇA SE TROUVE, C'EST COMME ÇA QUE LES PROFS DE GYM SE REPRODUISENT...
TRIIIII
ATTENTION !! IL VA TIRER !!
NE TOUCHEZ PAS LE BALLON !!!
?
?
DÉSOLÉE DE VOUS DÉRANGER.
COUREZ !
COUREZ !
ÇA Y EST ! IL A PARTAGÉ SA GRAINE !
HORRIB' !
CE MATIN, EN PLEIN COURS DE GYM, LA MAÎTRESSE ET MONSIEUR HUCHET ONT FAIT UN BÉBÉ.
... DEVANT TOUT LE MONDE !
OUAIS !
Z.

galaxie de secours
SNAP
POK
POLLUEUR ! RAMASSE TES DÉCHETS !
À CAUSE DE TOI, LA TERRE VA DEVENIR UNE POUBELLE QUI PUE !
CHOMP.
M'EN FOUS.
QUAND NOTRE PLANÈTE SERA FICHUE, ON PRENDRA UNE FUSÉE ET ON IRA SUR UNE AUTRE, C'EST TOUT.
ÇA S'PEUT PÔ.
RÔÔÔÔÔÔÔÔÔÔÔÔ
STATISTIQUEMENT, ÇA SE PEUT, ON A DÉCOUVERT DES CENTAINES D'EXOPLANÈTES HABITABLES DANS LA VOIE LACTÉE...
ET TOC !
TOC TOI-MÊME ! TES SEXOPLANÈTES, ELLES SONT À DIX MILLE ANNÉES-LUMIÈRE !! QUAND TU Y ARRIVERAS, T'AURAS L'ÂGE DE LA MAÎTRESSE !
SALUT LES EXTRA-TERRESTRES ...
PAS DU TOUT ! PARCE QU'ON SE FERA CRYOGÉNISER POUR LE VOYAGE. ET ON NOUS DÉCONGÈLERA À L'ARRIVÉE !
COMME DANS "AVATAR" !
BEN MOI, JE PRÉFÈRE RESTER SUR TERRE QUE DEVENIR UN FINDUS DE L'ESPACE ! BONNE CHANCE !!
PFEUH ! RESTE DANS TON COMPOST !
OUBLIE PÔ TON SLIP EN LAINE POLAIRE !
BIEN DIT.
TU CROIS QU'IL Y A DES HABITANTS SUR CES PLANÈTES ?
BEN ... SÛREMENT.
SI ÇA SE TROUVE, ILS SONT PAREILS QUE NOUS... MAIS À L'AUTRE BOUT DU COSMOS DE LA VOIE LACTÉE !
ÇA DOIT ÊTRE GÉNIAL !
TITEUF ZÉRO
C'EST PÔ JUSTE
Z.

Trottibus
HÉ MAXIME ! JE PEUX MONTER ?
zzzz
MANU !
VIENS !
zzzzz
HÉ, LES MECS ! ATTENDEZ-MOI !!
zzzzz
UNE PETITE PLAFFE ?
zzzzzzz
FRANFOIS ! VIENS !!
zzzzzz
LES COPAINS, JE ME DEMANDE QUAND MÊME SI ON EST PAS UN PEU TROP ...
zzzzzzz
... LOURDS.
POK
zzzzzzzzz
J'AI ÉTÉ RENVERSÉ PAR UN TROTTOIR.
Z.

planète à la betterave
C'EST NUL DE NOUS SERVIR DU FLAN AU CHOCOLAT DANS DES POTS EN PLASTIQUE !
ON POURRAIT PENSER UN PEU À LA PLANÈTE, QUOI !!
?
HEU... TU CROIS QUE LA PLANÈTE, ELLE AURAIT PRÉFÉRÉ VANILLE ?
PFFF...
À FORCE DE PRODUIRE DES EMBALLAGES PLASTIQUE, ON VA DÉTRUIRE NOTRE ENVIRONNEMENT.
HELP!
MAIS TOI, TU ES DÉLÉGUÉ DE CLASSE. TU PEUX FAIRE CHANGER LES CHOSES !
MOI ?
...MAIS QU'EST-CE QUE JE DOIS FAIRE ?
BEN... TROUVER DES SOLUTIONS POUR RÉPARER LES BÊTISES DES ADULTES.
AH... D'ACCORD.
ON NE VEUT PLUS DE DESSERTS DANS DES POTS EN PLASTIQUE !
BOUM
JE TROUVE QUE C'EST UNE TRÈS BONNE REVENDICATION DES ÉLÈVES. ASSEZ DE DÉCHETS.
OUI.
COOKIN'
JE VAIS LEUR FAIRE MON CAKE À LA BETTERAVE !
VOILÀ !
HEU
J'ESPÈRE QUE LA PLANÈTE SE SOUVIENDRA QU'ON A SOUFFERT POUR ELLE...
GLK
MÂCH MÂCH
GLRB
À BOIRE !
Z.

monsieur Strange
COMMENCEZ PAR TRACER SUR VOTRE FEUILLE DEUX DROITES PARALLÈLES.
90°
a = 12 cm
C'EST QUOI, UNE DROITE PARALLÈLE ?
J'SAIS PAS. J'IMAGINE QUE ÇA DOIT ÊTRE UNE DROITE, MAIS DANS UN UNIVERS PARALLÈLE ?
TU VEUX DIRE : UNE DROITE AVEC UNE CAPE ET DES SUPER-POUVOIRS ?
OUAIS, UN TRUC QUI OUVRE UNE PORTE DANS LE MULTIVERSE !
OH NOON... J'SAIS PÔ DESSINER LES PORTES.
TU CROIS QUE LUI, IL EXISTE AUSSI DANS UN MONDE PARALLÈLE ?
FORCÉMENT ! PERSONNE N'EST VRAIMENT PROF DE MATHS, C'EST TROP NUL.
TU M'ÉTONNES.
ICI, IL EST PROF DE MATHS, MAIS LÀ-BAS, C'EST UN GARDIEN DE L'UNIVERS !
CLAIR !
...IL TRACE DES DROITES PARALLÈLES POUR VENIR DEPUIS SA DIMENSION-MIROIR !
MIROIR : COMME SON CRÂNE !
TOUT SE TIENT !
SILENCE !
CHUT ! IL NOUS A REPÉRÉS !!
FAISONS-LUI SES DROITES POUR QU'IL PUISSE REJOINDRE SON MONDE !
J'EN FAIS UNE AVEC DES RÉACTEURS, POUR QU'IL REPARTE PLUS VITE !
BONNE IDÉE !
ZÉRO EN GÉOMÉTRIE ?!!?
...PRIVÉ DE CONSOLE !!
VOILÀ COMMENT ON EST REMERCIÉ QUAND ON A SAUVÉ L'UNIVERS...

ma maîtresse recyclable
WORLD TOUR
Superlovers
LES SUPERLOVERS !!! ILS ONT AU MOINS MILLE ANS !!
MA GRAND-MÈRE ACHETAIT LEURS DISQUES !
MÊME LA MAÎTRESSE CONNAÎT LEURS CHANSONS
C'EST PARCE QU'ILS FONT DE LA CHIRURGIE ESTHÉTIQUE QUI EMPÊCHE DE VIEILLIR.
ÇA EXISTE ?
OUI, ON TE REMPLACE DES BOUTS EN PLASTIQUE... DES LÈVRES EN PLASTIQUE, LE NEZ EN PLASTIQUE...
MAIS ? LE PLASTIQUE, ÇA POLLUE !
ON EST PÔ CENSÉS ARRÊTER D'EN FABRIQUER ?
C'EST VRAI...
APRÈS, QUAND ILS SERONT MORTS, Y'AURA PLEIN DE TRUCS EN PLASTIQUE DANS LA TERRE !
C'EST SÛREMENT TOUT PRÉVU. ILS DOIVENT RÉCUPÉRER LES MORCEAUX ARTIFICIELS POUR LES COLLER SUR D'AUTRES VIEUX.
WAAAA, C'EST DINGUE !
TU CROIS QUE C'EST COMME AVEC LE PAPIER ? Y'A DES POUBELLES POUR LES ORGANES EN PLASTIQUE ?
FORCÉMENT.
N'EMPÊCHE... ÇA DOIT ÊTRE DÉGUEU, COMME MÉTIER, DE TRIER LES FESSES EN PLASTIQUE...
BWÊÊÊK !
C'EST POUR ÇA QUE LES CHIRURGIENS ESTHÉTIQUES SONT PAYÉS HYPER CHER !
BRAVO MAÎTRESSE ! VOUS, VOUS RESTEZ NATURELLE...
?
TOUT EN COMPOST !
Z.

love test
SALUT TITEUF, ÇA VA ?!
VA VOIR DANS LES TOILETTES SI J'Y SUIS !!
T'ES DUR !
NON, MAIS ATTENDS... ELLE ME REND DINGUE !
C'EST COMME L'AUTRE JOUR, ELLE...
JE SUIS ALLÉE VOIR, MAIS TU Y ÉTAIS PAS.
LÂCHE-MOI DEUX MINUTES !!!
JE TE TIENS PAS...
JE PEUX PAS TE LÂCHER.
T'ES BÊTE.
HU HU
HIHI
ELLE EST PEUT-ÊTRE AMOUREUSE DE TOI ?
RÂÂÂH !
DIS PÔ ÇA !!!
MA MÈRE DIT QUE L'AMOUR FAIT PERDRE LA RAISON.
ÇA EXPLIQUE TOUT...
THÉRÈSE, C'EST SON CERVEAU QU'ELLE A PERDU.
ET ÇA FAIT LONGTEMPS !
BEN... ÇA FAIT PEUT-ÊTRE LONGTEMPS QU'ELLE EST AMOUREUSE ?
EN TOUT CAS, SI C'EST ÇA, ÇA DONNE PAS ENVIE D'ÊTRE AMOUREUX...
NON.
PAR CONTRE, C'EST UN SUPER-TEST !
COMMENT ÇA ?
TU VAS VOIR !
SALUT RAMATOU.
SALUT TITEUF.
HEU... TU VAS VOIR DANS LES TOILETTES SI J'Y SUIS ?
ÇA VA PAS ?
ZBAK
BEN VOILÀ. ON EST FIXÉS : TON AMOUREUSE, C'EST THÉRÈSE.
OH NOOOON !
J'AVAIS DÉJÀ VÉRIFIÉ : IL Y EST PAS.
?

Cosmo-look
THE WORK
EXPO
TU Y CROIS, TOI, AUX AUTRES PLANÈTES HABITÉES ?
BEN OUI ...
L'UNIVERS EST TELLEMENT IMMENSE.
JE ME DEMANDE À QUOI PEUVENT RESSEMBLER LES EXTRATERRESTRES...
ÇA DÉPEND.
Y'A DES PLANÈTES OÙ IL FAIT HYPER FROID, GENRE MOINS MILLE !
AH OUAIS...
D'AUTRES OÙ IL FAIT CHAUD COMME DANS UN FOUR...
PCHH
PFFF
DES PLANÈTES OÙ TU ES PLUS LÉGER QU'UNE PLUME ...
...D'AUTRES OÙ LA GRAVITÉ EST TELLEMENT FORTE QU'ON PÈSERAIT DES TONNES...
FRRRRR
Y'EN A QUI SONT JUSTE RECOUVERTES D'EAU...
Y'EN A OÙ, QUAND IL PLEUT, IL PLEUT DES MÉTÉORITES...
KLANG
SUR D'AUTRES, Y'A QUE DU GAZ...
...ALORS FORCÉMENT, LE PHYSIQUE DES HABITANTS DOIT ÊTRE ADAPTÉ.
BEN OUAIS.
?
MADAME, VOUS, VOUS VENEZ DE QUELLE PLANÈTE ?
Z.

thérèse = mc2
POUR CET EXERCICE DE MATHS, VOUS ALLEZ TRAVAILLER PAR DEUX, AVEC VOTRE VOISIN...
M'DAME !!! J'PEUX CHANGER ?!
MON VOISIN, C'EST THÉRÈSE !!!
C'EST COMME ÇA, TITEUF...
HI HI
BON. IL FAUT RÉSOUDRE UN PROBLÈME : UNE VOITURE PART DU POINT A, ELLE ROULE À 30 KM/H...
C'EST OÙ, POINT A ?
COMMENT ÇA "C'EST OÙ ?" ON S'EN FICHE !!! C'EST JUSTE POUR CALCULER LA DISTANCE ENTRE LE POINT A ET LE POINT B !!
C'EST PAS LOGIQUE. POURQUOI ON IRAIT AU POINT B SI C'EST PAS JOLI ?
C'EST DES MATHS !! C'EST JAMAIS JOLI !!!
BEN, SI C'EST PAS JOLI, JE PRÉFÈRE QU'ON RESTE AU POINT A.
... ET ON FAIT UN PIQUE-NIQUE.
ON RESTE NULLE PART ! ÇA EXISTE PÔ, LE POINT A ! LE POINT B NON PLUS !! C'EST INVENTÉ POUR FAIRE DES MATHS, TRIPLE SLIP !
SI ÇA EXISTE PAS, POURQUOI ON IRAIT PAS PLUTÔT À LA MER ?
ON N'A QU'À DIRE QUE LE POINT B, C'EST LA MER !! ON ROULE À 30 KM/H PENDANT DEUX HEURES DIX... 'FAUT CALCULER LA DISTANCE !
PFFF... C'EST LONG. ON PEUT PAS ROULER PLUS VITE ?
NON !! ON PEUT PÔ ROULER PLUS VITE !!
TITEUF !
VOUS PERTURBEZ LA CLASSE ! ALLEZ HOP ! CHEZ LE DIRECTEUR !
MAIS !
TOUT DE SUITE !!
TU CROIS QUE LE BUREAU DU DIRECTEUR, C'ÉTAIT LE POINT B ? ON VA VACHEMENT PLUS VITE À PIED !
JE CROYAIS QUE LES MATHS, ÇA SERVAIT À RIEN. BEN SI : À TESTER MA RÉSISTANCE NERVEUSE.
Z.

le bilan carbone, c'est quoi ?
le bilan carbone, c'est le calcul de ce qu'on produit comme gaz à effet de serre
toutes les fumées que l'activité humaine lâche dans l'atmosphère ...
... et qui vont former un écran autour de la Terre...
fumée des avions
fumée des usines
chauffage au charbon
pet de puduk
un peu comme si on lui avait fabriqué un anorak trop serré
PFFF
(d'où le nom "effet de serre")
CONCLUSION : SI ON NE RÉDUIT PÔ NOTRE BILAN CARBONE, ON VA TOUS VIVRE DANS LA TRANSPIRATION D'AISSELLES DE LA TERRE.
BUUÊÊÊÊÊÊÊÊÊÊÊÊÊRK

les gardiens de la galaxie
WAAAA ! DES BULLES GÉANTES DE SAVON !
LASER DE L'ESPACE !!!
KLETZ
DVIIIUU !
HIHIHI ! JE SUIS HYPER FORT DANS L'EXPLOSAGE D'ALIENS !!
TU VAS VOIR ...
HUM
PLITZ
SHAZAM !
ZLEK
ALLEZ, MANU ! AVEC MOI !!
DIOOUUU !
J'AIME PAS TROP, PARCE QUE LE SAVON, ÇA PIQUE LES YEUX ...
OH ... LA CHOCHOTTE !
C'EST PLUTÔT PARCE QUE TU AS PEUR DE PÔ ÊTRE À LA HAUTEUR DE TITEUF-LE-SNIPER !
KLITCH
ZBLA !
WOH ! CELLE-LÀ, ELLE EST MÉGAMORTELLE !
IL ME LA FAUT !
PLATZ
BANZAÏ !!
TU VOIS ... ÇA PIQUE LES YEUX.
Z.

prroutologie
GONFLABLE...
PRRRFTT
PFUIIII
DESSOUS-DE-BRATESQUE
PRRT PRT
PRT
FLAMBINEUX
PPRFFLLBL
FAUTEUILLIEN
PRRRT
PRRT
Diplôme
BlaBla
PATINEUR
PRR ROUTT
BULLEUX...
PRLBLBPRRRT
...SILENCIEUX.
SNF... C'EST TOI QUI AS... ?
M..
MOI?
PÔ DU TOUT !

cyberlove
HÉ ! MANU !
TU VAS OÙ ?
JE... J'AI RENDEZ-VOUS AVEC UNE AMOUREUSE.
QUOI ?
T'AS UNE AMOUREUSE ? TOI !!? MAIS... C'EST PÔ POSSIBLE !
ET POURQUOI CE SERAIT PAS POSSIBLE ?
NON, JE...
HEU... PARCE QUE...
LAISSE TOMBER !
ATTENDS... ELLE S'APPELLE COMMENT ?
ELLE S'APPELLE EMMA ET ELLE EST HYPER BELLE !
ELLE EST DANS QUELLE CLASSE ?
ELLE EST PAS DANS NOTRE ÉCOLE. JE L'AI RENCONTRÉE SUR TIKTOK.
TIKTOK ?! C'EST PLEIN DE PÉDOPHILES DU SLIP !!
TU DIS ÇA PARCE QUE T'AS PAS D'AMOUREUSE ET QUE T'ES JALOUX !
SI J'AVAIS TIKTOK, J'EN AURAIS PLEIN !
PFEUH !
T'AS MÊME PAS DE PORTABLE !
J'EN AURAI UN DÈS QUE JE REMONTE MA MOYENNE EN MATHS !
T'AS PAS FINI D'ÊTRE CÉLIBATAIRE...
AU MOINS, JE SUIS À L'ABRI DU PÉDOPHILISME.
MAINTENANT Y'A UN ALGORITHME QUI SURVEILLE TOUT.
ÇA VEUT DIRE QUOI ?
PAR EXEMPLE, SI TU METS UNE PHOTO DE TOI TOUT NU...
... L'ORDINATEUR LE VOIT ET IL L'ÉLIMINE.
MAIS... SI C'EST DES PÉDOPHILES HABILLÉS ?
JE PENSE QU'IL RECONNAÎT LES HABITS DE VIEUX... UNE CHEMISE À CARREAUX : HOP ! ÉLIMINÉ !
WAA ! TROP FORT !
EN PLUS, J'AI UNE PHOTO D'ELLE.
REGARDE.
ELLE EST MÉGA JOLIE !
... MAIS ON DIRAIT QU'ELLE EST DANS "ONE PIECE".

C'EST LES FILTRES, C'EST NORMAL.
TOUT LE MONDE EN MET. MOI AUSSI.
FAIS VOIR.
AH... TOI AUSSI, T'AS L'AIR D'ÊTRE DANS "ONE PIECE"
... Y'AVAIT PÔ DE FILTRE POUR TES SANDALES ?
ET COMMENT TU SAIS QU'ELLE EST AMOUREUSE DE TOI ?
ELLE ME L'A DIT !
ET AUSSI QUE J'AVAIS UN COEUR PUR...
... COMME UNE LICORNE !
WAAA !
ELLE M'A DONNÉ RENDEZ-VOUS À L'IMPASSE DES TILLEULS POUR QU'ON SOIT TRANQUILLES...
ELLE EST DÉJÀ LÀ !!! "JE T'ATTENDS" !
ÇA SENT LE BISOU !!
BELAMOUR
HEU...
DIS DONC, ELLE AVAIT VACHEMENT FORCÉ SUR LES FILTRES, EMMA !
OUAIS.
JE L'AIMAIS MIEUX EN MANGA.
PARDON M'SIEUR, C'EST VOUS, EMMA ?
VOUS AVEZ UN APPAREIL PHOTO DÉRÉGLÉ ?
... OU VOUS ÊTES PASSÉ À TRAVERS L'ALGORITHME ?
M'SIEUR ! VOUS ÊTES UN PÉDOPHILE DU SLIP ?!
ATTENDEZ !!!
S'IL MET PAS DE CHEMISE À CARREAUX, C'EST PAS DU JEU.
PFFF... C'ÉTAIT UNE FAUSSE AMOUREUSE.
T'INQUIÈTE ! ON VA T'EN TROUVER UNE AUTRE !
... SANS TÊTE DE MANGA.
... ET PUIS MOI, JE SUIS TON VRAI COPAIN !
... ET JE TROUVE QUE TU AS UN COEUR DE LICORNE
... ET DES SANDALES PURES !
PFFF
Z.

des idées pour réduire notre bilan carbone
BAISSER LE RADIATEUR, AU LIEU D'OUVRIR LA FENÊTRE
OUI
OUVRE QUAND MÊME LA FENÊTRE.
FAIRE DU COVOITURAGE
OUI
C'EST POUR LA PLANÈTE !
PRODUIRE MOINS DE DÉCHETS
OUI
C'EST ÇA, TON TRAVAIL D'HISTOIRE SUR LE MOYEN ÂGE ??
MAIS C'EST POUR LA PLANÈTE !
METTRE DU DENTIFRICE DANS LE CAFÉ DU PROF DE TRAVAUX MANUELS
NON
BOUCHER LES TUYAUX D'ÉCHAPPEMENT
NON
C'EST ÉCRIT "PRÉSERVATIFS SAVEUR FRAISE"...
DU COUP, ÇA VA SENTIR BON !
BRRRRRR
CONSOMMER MOINS D'ÉLECTRICITÉ
OUI
C'EST COMME FIFA 23 SUR LA PLAYSTATION...
AAAH...
... MAIS SANS LA PLAYSTATION
ENVOYER PUDUK DANS L'ESPACE
NON
MANGER MOINS DE VIANDE
OUI
ÉLEVER BEAUCOUP D'ANIMAUX, ÇA POLLUE.
ÇA PARTICIPE AU RÉCHAUFFEMENT CLIMATIQUE...
ÇA PRODUIT DU CARBONE...
PRENDRE MOINS DE DOUCHES
OUI
NON
Z.

Les beaux souvenirs
TI...
...TEUF
TI...
SKRiii
SKRUO
BILIBILIBILI
TU N'ENTENDS PAS QUE TA SOEUR T'APPELLE ? TU POURRAIS JOUER UN PEU AVEC ELLE, AU LIEU DE TE RAMOLLIR LE CERVEAU AVEC TA CONSOLE !
TITEUF !!
BILIBILIBILI
MMM... BON. À QUOI TU VEUX JOUER, ZIZIE ?
COIFFER TI-TEUF !
GÉNIAL.
C'EST IMPORTANT. ÇA VOUS FERA DES SOUVENIRS À PARTAGER, PLUS TARD...
MM
SKRUU
BILIBI
YAA
GABA ?
GABA TANT QUE TU VEUX, ZIZIE...
MAIS LAISSE-MOI DÉCAPITER CES LAPINS-ZOMBIES !
SKRR
BILI BILI BILI
PRTCHZ
TITEUF ! C'EST L'HEURE !
TU VAS ÊTRE EN RETARD !
ABI ?
DÉSOLÉ, ZIZIE, CHUIS PRESSÉ !!
PFOUH !
TOI, JE VAIS CONGELER UN DE TES PAMPERS USAGÉS ! ÇA NOUS FERA UN SOUVENIR À PARTAGER...
...AVEC TES COPAINS QUAND TU SERAS GRANDE !!
GABA ?

Jurassic Square
YAHAAAAA!!!
WAHAHAHA HAHAHIHI
ILS ONT EU LA TROUILLE DE LEUR VIE !!
FAIS PAS TROP LE MALIN... TU SAIS DE QUI DESCENDENT LES OISEAUX ?
HEU...
... DES DINOSAURES !
QUOI ?! LES MOINEAUX, C'EST DES T-REX AVEC DES PLUMES ?!
EXACT.
REGARDE LEUR MANIÈRE DE MARCHER... ÇA TE RAPPELLE PAS "JURASSIC PARK" ?
MAIS CARRÉMENT !
...DES MOINOCIRAPTORS !!
MAIS JE CROYAIS QUE LES DINOSAURES AVAIENT TOUS DISPARU...
BEN... ON N'EST PAS VRAIMENT SÛRS...
CUI
... MAIS ON SAIT MAINTENANT QU'ILS APPARTIENNENT À LA MÊME FAMILLE QUE LES OISEAUX.
GLP
TU DONNES TON GOÛTER AUX MOINEAUX ?
TU DONNES CE QUE TU AS AU GARS QUI A UN T-REX DANS SA FAMILLE
///
Z.

street gamers
POUF
POUF
PFOU
POUF
REUH
PFF
PFF
TAP
RAH
PFF
T'AVAIS RAISON : SUPER MARIO, C'EST VRAIMENT MIEUX EN JEU VIDÉO !
GRAVE...
RÂH
PFF

mortel manga
TITEEUF ! TU TE GROUILLES ? ON T'ATTEND EN BAS !!
TADAAAM !
ZORRO EST ARRIVÉÉÉ !
QU'EST-CE QUE TU FOUS ?
C'EST LE SALON DU MANGA ! MOI, JE SUIS EN KRYPTOCHU, FRANÇOIS EN PRINCE YOYOBU, HUGO EN BUYOKO ...
HEU
ET TOI ? T'ES EN DÉBILUKO ?
ON TE LAISSE... L'ENTRÉE EST GRATUITE POUR CEUX QUI SONT DÉGUISÉS EN PERSONNAGES DE MANGA !
OUAF
NADIA ? TU Y VAS AUSSI ?
BIEN SÛR ! JE SUIS LADY OMOKU ...
TOI, TU VAS SÛREMENT À UNE FÊTE COSTUMÉE POUR LES PETITS ...
PITIÉ !! QUI PEUT ME PRÊTER UN COSTUME MANGA ?!!
T'ES FOU !? FIX MOIS DE PAPIER TFOILETTE POUR FAIRE LA PERRUQUE DU PRINFE FIGAFU !
MOI, JE CHERCHE UN PARTENAIRE POUR FAIRE LE GÉANT DE MAKASUDA.
PUDUK ?
ÇA VA ?
OUACH ! C'EST HORRIB' !!
POURQUOI T'AS ENLEVÉ TES BASKETS ?
BEN... POUR PAS TE FAIRE MAL AUX ÉPAULES.
ARG MERCI.
OUPS
Mang
PROUT
AAARGH
J'... J'AB... AN... DONNE ...
OH... PETITE NATURE...
TOI, NON.
... MAIS LE ZOMBIE MARTIEN, IL PEUT ENTRER.
Z.

thérèse world
DESSINEZ CINQ ANIMAUX QUI ONT DISPARU...
HEIN?
QUOI
DISPARU?
MAIS?... COMMENT?
MAIS? QU'EST-CE QUE TU FAIS? TU DESSINES QUOI?
C'EST MOUMOUTE.
C'EST LE CHAT DE MES VOISINS. IL A DISPARU.
MAIS NON! IL FAUT TROUVER UN ANIMAL QUI EXISTE PLUS!
AH?
OH LÀ LÀ...
JE SAIS : LA LICORNE!
HEIN?
LA LICORNE, ÇA A JAMAIS EXISTÉ!!
SI. DANS "PRINCE PONEY", IL Y EN AVAIT UNE.
MAIS C'EST PÔ LE VRAI MONDE!
AH?
J'AI TROUVÉ : LE MONSTRE DU LOCH NESS!
QUOI?
... ET AUSSI LE YÉTI
THÉRÈSE, JE CROIS PÔ Q...
HUM... C'EST N'IMPORTE QUOI.
JE PARLAIS DES ESPÈCES QUI ONT ÉTÉ ANÉANTIES PAR L'HOMME...
QU'ON A FAIT DISPARAÎTRE À CAUSE DE LA POLLUTION, LA CHASSE, LA DESTRUCTION DE LEUR HABITAT...
JE CROIS QUE J'AIME MIEUX LE MONDE DE THÉRÈSE...
PIKA... CHU.

maîtresse-man
REGARDE ! C'EST LA MAÎTRESSE !
ELLE VA AU SAUNA.
sauna-spa
... C'EST UN TRUC OÙ ON DOIT SE METTRE TOUT NU.
LA MAÎTRESSE EST STRIP-TEASEUSE !?!!
MAIS NON ! C'EST DES CABINES OÙ IL FAIT MÉGA-CHAUD... TU TRANSPIRES ET TU DEVIENS TOUT MAIGRE.
TOUT MAIGRE ?
BEN OUI. PARCE QUE TU FONDS.
C'EST DIN... ATTENTION ! TU MARCHES DANS UNE FLAQUE !
OUPS
plitch
ATTENDS... TU CROIS QUE ÇA PEUT ÊTRE DE LA MAÎTRESSE FONDUE ?
BEN... PEUT-ÊTRE ?
C'EST HORRIB' ! T'AS MARCHÉ DANS DU JUS DE MAÎTRESSE !!
EN ATTENDANT, J'AI SON A.D.N. PLEIN MA CHAUSSETTE ...
SI ÇA SE TROUVE, JE VAIS DEVENIR SUPER FORT EN MATHS ET EN GÉO !
... COMME DANS SPIDERMAN.
SPIDERMAN, IL EST FORT EN GÉO ?
MAIS NON ! LUI, IL A DU JUS D'ARAIGNÉE ! ... DU COUP, IL EST FORT EN TOILE ET EN GRIMPAGE CONTRE LES MURS.
POSE-MOI UNE QUESTION, POUR VOIR ...
50 000 DIVISÉ PAR DOUZE ?
HEU ...
LA SUPERFICIE DE L'OCÉAN PACIFIQUE ?
BEN ...
J'AI P'T'ÊT' PAS ASSEZ INFUSÉ DU PIED ?
... OU ALORS, C'EST DE L'A.D.N. QUI TE TRANSFORME PHYSIQUEMENT EN MAÎTRESSE-MAN ?!!
AAAAAA
J'PRÉFÈRE JETER MA CHAUSSETTE, C'EST TROP RISQUÉ.
C'EST VACHEMENT DANGEREUX, L'A.D.N. DE MAÎTRESSE FONDUE !!

les zombies gobeurs-de-cervelle

le regard qui tue
T'AS PAS PEUR QUE TA PETITE SOEUR FASSE DES BÊTISES ?
AUCUN SOUCI ...
PARCE QUE J'AI UN SUPER-POUVOIR.
JE LUI FAIS LES GROS YEUX.
GOZIEU !
ÇA LUI FAIT PEUR ET ÇA LA CALME DIRECT.
GÉNIAL !
GOZIEU !
C'EST UNE TECHNIQUE DE JEDI QUE J'AI DÉVELOPPÉE DEVANT MA GLACE ...
'FAUT QUE J'ESSAIE AVEC MA SOEUR !
ÇA MARCHE MIEUX SANS LES LUNETTES, NON ?
ZIZIE ! MANGIE PÔ LE SABLE !!
PÔ BIEN !
YAHAAA !
AÏE ! AÏE ! AÏE ! AÏE !
ÇA PIIIQUE !
PIK !
C'EST VRAI QUE ÇA FAIT VACHEMENT PEUR !
GOZYEU !!
Z.

ma mémé
TOUJOURS CES JEUX SUR LA TÉLÉ...
ON N'AVAIT PAS TOUT ÇA, NOUS...
TU JOUAIS À QUOI, TOI, MÉMÉ ?
AAAH... PLEIN DE CHOSES.
PAR EXEMPLE, ON ADORAIT GRIMPER AUX ARBRES...
INTERDIT DE
...OU ON DÉVALAIT LES BOULEVARDS EN TROTTINETTE OU EN PATINS À ROULETTES !
... ON JOUAIT AUSSI À SE FAIRE ATTRAPER PAR LES GARÇONS.
HI HI
KLINK
...OU DES FOIS, ON FAISAIT LES CLOWNS DANS LA RUE, POUR QUE LES GENS NOUS REGARDENT.
ET LÀ ?! J'APPUIE SUR LE BOUTON POUR ARRACHER LA TÊTE DU MONSIEUR BIZARRE ?!
C'EST UN ZOMBIE, MÉMÉ.
...MA MÉMÉ, ELLE S'ADAPTE.
Z.

la malédiction du tombeau secret

la bêtise artificielle
La distance entre ton école et le mont Everest est de 7137,48 kilomètres.
C'EST DINGUE !
?
TU PEUX POSER N'IMPORTE QUELLE QUESTION, L'INTELLIGENCE ARTIFICIELLE TE RÉPOND !
VAS-Y, ESSAIE !
OUI !
BEN...
HEU... J'AI COMBIEN DE CHANCES QUE NADIA SOIT AMOUREUSE DE MOI ??
TU VAS VOIR : IL SAIT TOUT !
...
4,6 %
QUOI ?
POURQUOI ?!?
Nadia aime les garçons grands et musclés. Son idéal masculin est Kevin Lover avec qui tu as 0,3% de ressemblance. Les vidéos de gens qui chantent en rotant ne la font pas rire et elle trou que 93% des garç de sa classe sont des bébés
C'EST GÉNIAL !
ARRÊTE DE DIRE QUE C'EST GÉNIAL !
CE TRUC VIENT D'ANNONCER QUE J'AVAIS AUCUNE CHANCE AVEC NADIA !!
AH...
Aucune chance est égal à 0%. 4,6% signifie "improbable".
TON INTELLIGENCE ARTIFICIELLE DU SLIP ME TRAITE D'IMPROBABLE ?!!?!
DÉTENDS-TOI, TITEUF.
Détends-toi, Titeuf.
JE VAIS PÔ ME LAISSER INSULTER PAR UN STUPIDE TÉLÉPHONE !
4,6 %
NADIA !
COMBIEN Y'A DE CHANCES QUE TU SOIS AMOUREUSE... HEU... DE MOI ??
?
JE DIRAIS AUCUNE.
QUOI ?
MAIS ? EN... POURCENTAGE ?
ZÉRO.
NUL.
MAIS...
EH BEN NON ! C'EST 4,6% ... C'EST LE TÉLÉPHONE DE FRANÇOIS QUI L'A DIT !
PAF !
T'ES NULLE EN INTELLIGENCE ARTIFICIELLE !
Booo !
TBAK
Tes chances viennent d'être réévaluées à 0,4 %.
C'EST HYPER PRÉCIS !
Z.

le cinéma avec papa
TU ES SÛR QUE TU VEUX VOIR ÇA ?
ÇA A L'AIR NUL.
C'EST UN CHEF-D'ŒUVRE !
ZOMBIES AVENGERS 8
C'EST TOUJOURS UNE AVENTURE...
DU POP-CORN ? TU ES SÛR ?
UN PETIT, ALORS...
GLUMAN
IL A DES IDÉES BIZARRES...
PAS TROP PRÈS...
ICI, C'EST BIEN.
ON VOIT MIEUX DE LOIN.
OUAIS... MAIS ON DIRAIT UN ÉCRAN DE TÉLÉ.
ÇA PROTÈGE LES YEUX.
ENSUITE, IL MANGE TOUS LES POP-CORN...
MMM
DÉGUEU' CES TRUCS !
MIACH CHOMP
IL S'ENDORT APRÈS DIX MINUTES...
RROONFLL
IL SE RÉVEILLE À LA FIN...
C'EST NUL !
ON COMPREND RIEN.
IL ÉTAIT PAS MORT, CELUI-LÀ ?
À LA SORTIE, IL FAIT LA CRITIQUE DU FILM...
LE SCÉNARIO, C'EST DU N'IMPORTE QUOI !
LA FIN N'A AUCUN SENS.
ON NOUS PREND POUR DES DÉBILES.
QUAND ON RENTRE, IL DIT :
ENCORE UN BEAU MOMENT DE COMPLICITÉ PÈRE/FILS.
TAP TAP
... QUAND JE SERAI GRAND, J'IRAI MOLLO AVEC LA COMPLICITÉ PÈRE/FILS.

l'intelligence artificielle

les nouveaux monstres
QUAND J'ÉTAIS PETIT, J'AVAIS PEUR DES MONSTRES DANS LE PLACARD ...
PUMP
AUJOURD'HUI, C'EST JUSTE UN PLACARD PLEIN DE TRUCS INOFFENSIFS...
JE VEUX QUE TU ME RANGES TOUT ÇA !!
... ENFIN, PRESQUE.
... ET LES MONSTRES SONT AILLEURS.
URK URK
DANS UNE VIDÉO SUR INTERNET...
DANS LES HISTOIRES HORRIBLES DE LOÏC...
... ET LA C.I.A. VA RÉPANDRE UNE MALADIE QUI VA TOUS NOUS TUER !
C'EST LE MONSIEUR QUI A MIS SA MAIN DANS LA CULOTTE DE JENNY...
C'EST LE GROS TYPE ORANGE QUI PARLE TOUT LE TEMPS DE GUERRE À LA TÉLÉ...
AMERICA FIRST !
... OU CELUI QUI A FAIT EXPLOSER LA JAMBE DU BONHOMME QUI HABITE DEHORS...
CEUX DU PLACARD ME MANQUENT.

aéronichons
SECOUSSE SISMIQUE AU TROUDEBALISTAN !
HOP !
BRAFT
HAHA
ARF
VRAIMENT RÉPUGNANT !
EURK
ELLE PUE L'OEUF POURRI, TA NATURE !
C'EST LA NATURE...
OUAF
HA
LES FILLES, ÇA LES FAIT PAS RIRE DU TOUT.
C'EST NORMAL. C'EST PARCE QU'ELLES PÈTENT PÔ ...
C'EST UN TRUC DE GARÇONS.
MAIS SI ELLES PÈTENT PAS, L'AIR, IL SORT PAR OÙ ?
BEN ...
... IL SORT PÔ. C'EST POUR ÇA QU'ELLES ENFLENT DES NÉNÉS.
N'IMPORTE QUOI.
AH OUI ?... ET OÙ ILS SONT, LES POUMONS ? HEIN ?
HEU...
SOUS LES NICHONS !!
EXACT.
WAAAA
MA SOEUR, ELLE PÈTE AUSSI !... ELLE TROUVE ÇA MARRANT.
IL DOIT Y AVOIR DES SPÉCIALES ...
... AVEC UN TUYAU D'ÉCHAPPEMENT.
PAR EXEMPLE, LA MAÎTRESSE, C'EST UNE TRADITIONNELLE ...
ELLE A TOUT RETENU.
BWÊRK
LA MÈRE DE KEVIN, PAR CONTRE, ÇA DOIT ÊTRE UNE MARRANTE...
... OUAIS, DU GENRE QUI PÈTE TOUT LE TEMPS.
C'EST SÛR !
Z.

monsieur Univers

avoir un bon copain
CINEMA
MUGULATOR
Contre les vampires zombies
Lido
WAAAA !
ÇA VA DÉCHIRER LE SLIP !
OUAIS !
T'ES TOUJOURS CHAUD POUR ALLER LE VOIR SAMEDI ?
C'EST CLAIR !
EN PLUS, RAMATOU PEUT VENIR AVEC NOUS !
PFFF... T'ES LOURD AVEC RAMATOU.
HEIN ?
VOUS ÊTES PAS MARIÉS.
J'SAVAIS PÔ QU'ELLE TE GÊNAIT...
C'EST PAS ÇA... MAIS C'EST MOINS SYMPA QUAND ELLE EST LÀ.
ELLE EST SYMPA, RAMATOU !
ELLE EST SYMPA... MAIS TU ES TOUJOURS AVEC ELLE... ET MOI, JE M'ENNUIE.
D'ACCORD, J'AI COMPRIS... JE VAIS ARRANGER ÇA.
MERCI ! J'AVAIS PEUR QUE TU LE PRENNES MAL.
MAIS NON ! T'ES MON MEILLEUR COPAIN !
COOL !
C'EST TROP MIGNON D'AVOIR DEMANDÉ À TITEUF DE M'INVITER...
Z.

le supermarché c'est éducatif
ON SE RETROUVE AUX CAISSES DANS 20 MINUTES.
OK.
ON APPREND LE GOÛT...
fromages dégustation
JE VAIS REPRENDRE CELUI AUX 3 ÉPICES...
MOI AUSSI.
...J'AI PÔ BIEN SENTI LA DEUXIÈME ÉPICE.
LA MODE...
ON FAIT DU SPORT...
ON A INVENTÉ LE FOOT-PONG !
BOM
BOM
BOM
BOM
BOM
DES EXPÉRIENCES...
BATTLE DE PARFUM !
CHANEL 5 POWER !
PCHIIT
PCHIIT
PCHIIT
DE LA MAGIE...
JE FAIS DISPARAÎTRE CE SLIP DANS UN CHAPEAU...
...ET ABRACADABRA ! IL RÉAPPARAÎT ICI !
DE L'EXPLORATION DE L'EXTRÊME...
EN DIRECT DU PÔLE NORD...
MOI, MES PARENTS ILS FONT LEURS COURSES PAR INTERNET.
...LE PAUVRE.